KB122153

스님과 선재동자

- 옛날 스님들은 이렇게 살았대요 -

佛心 김종상 지음

- 코끼리나 개미나 목숨 중하기는 똑 같대요 - 생명 존중합시다
- 내버리면 오물이지만 살려 쓰면 보물이지요 - 근검 절약합시다
- 사는데 필요한 모든 것은 자연에서 받아요 - 자연 보호합시다
- 우리가 있는 것은 부모와 어른들 은혜어요 - 경로 효친합시다
- 남을 위해주는 것이 곧 나를 돕는 일이에요 - 이타 · 관용합시다
- 나를 밝게 닦으면 세상이 밝아지게 된대요 - 자기 완성합시다

| 책머리에 |

우리 삶의 거울이 되었으면

「사람이면 다 사람이냐?
사람이 사람으로 났으면 사람다워야 사람이지」
같은 낱말을 여러 번 들어가는 짧은 글짓기를 할 때,
학교 선생님들이 종종 보여주는 예문이다.
사람이 사람답자면 어떻게 해야 할까?

고층 아파트에서 병아리를 던지는 아이들이 있고,
전철에서 담배 피는 것을 꾸짖는 노인에게
깡맥주를 뿌리는 아가씨의 인터넷 동영상도 나돌았다.
이렇게 잔인하고 무례한 것이 사람다운 행동일까?

세 살 버릇이 여든까지 가고,
아기 때 입맛은 평생이라고 한다.
어린 날의 경험은 일생의 생활습관이 된다.
사람을 뽑을 때 자란 환경을 보라는 것도 그 때문이다.

한 생명체의 일상적 행위나 생활습관은
자라는 동안에 접하는 환경에 따라 결정된다는 것이
동물실험에서 밝혀졌다. 사람이라고 해서 다르지 않다.
어릴 때의 도덕적 경험은 절대적 생활습관이 된다.

독서는 시공을 초월하는 환경이다. 그 중에서도
문학은 마음을 감화시켜 행위를 유도하는
간접적 경험환경으로서의 영향력이 매우 크다.
그래서 시를 통하여 인간행동과 생활모습을 보여주어
이를 내면화시키고자 한다.

일상에서 가장 중요하다고 생각되는 생활덕목을
생명존중, 경로효친 등 6개 영역으러 나누고,
이 분야의 생활사례를 보여주는 내용들이 예스럽더라도
이것이 행복한 삶을 누려왔던 옛 사람들의 모습이고,
특히 스님들의 생활에서 이런 것이 강조되었기에
표제를『스님과 선재동자』로 했다.

우리 청소년들이 읽고 이를 거울삼아 자신의 생활을
돌아볼 수 있는 기회가 되었으면 한다.

불기 2556년 어린이날 불심 합장

차 례

제 1 장 생명 존중

제 2 장 근검 절약

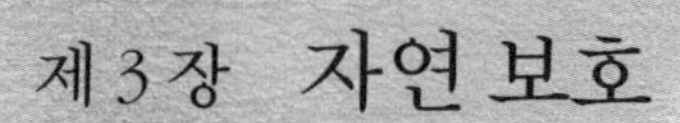

제3장 자연보호

제4장 경로 효친

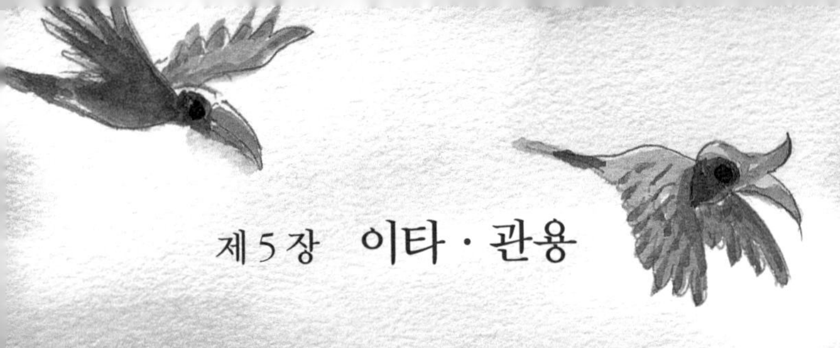

제 5 장 이타 · 관용

제 6 장 자기 완성

제1장 생명 존중

보살통

콩나물국

풀씨와 거미줄

다람쥐

벌레의 목숨

솜다리 뿌리

지렁이 눈

도깨비바늘

자비의 저울

별주부님

보살통

스님이 계신 방에는
보살통이 있습니다

빈대나 이를 잡으면
거기에 넣었습니다

"그것은 죽여야지요
왜 그렇게 해요?"
"목숨 중하기는 다 같은데
함부로 죽이면 되겠느냐?"

스님은 늘 바지 끝을
버선목 속으로 넣어요

몸에서 떨어진 비듬을
거기에 받아 모아
보살통의 빈대나 이의
먹이로 줍니다.

불살생의 계율을
그렇게 지켰습니다.

※보살통(菩薩桶) : 잡은 기생충을 죽이지 않고 넣었던 통
※불살생(不殺生) : 산 것을 함부로 죽이지 않는다는 계률

콩나물국

식사 때 콩나물국이 나왔습니다
선재는 콩나물 대가리가 싫었어요

콩나물 대가리가 엉덩이에 끼어서
빼각빼각 소리가 났다는
소금장수 이야기 때문이어요

"대가리는 떼버리고
국을 끓일 것이지."
선재가 투덜거렸습니다

"대가리를 떼다니
그건 목을 자르는 일이야."

스님은 음식일지라도
목을 자르는 것은
잔인하지 않느냐고 했습니다.

※소금장수 : 전래동화. 엉덩이에 콩나물 대가리가 끼어 걸을 때마다
소리가 나서 귀신이 붙었다고 생각한 소금장수 이야기

풀씨와 거미줄

요사채 추녀 거미줄에는
풀씨들이 걸려있었어요
바람에 날려온 것이었습니다
스님이 그것을 떼냈습니다

"스님! 거미줄을 없애요?"
"거미줄을 없애면
거미는 어쩌니?"

"그럼 풀씨는 왜 떼 내셔요?"
"길을 잘못 든 씨앗들이야.
싹틔울 땅으로 보내줘야지."

스님은 거미줄에서
풀씨를 떼 내어
바람에 날려 보냈습니다.

※요사채 : 절에서 전각이나 산문 외에 스님들 생활과 관련된 집

다람쥐

종각 밑에서 다람쥐가
무엇을 움켜잡고
맛있게 먹고 있었습니다

"스님, 다람쥐에요
무엇을 먹고 있어요."
"땅콩을 주었더니
저렇게 좋아하는구나."

다람쥐는 사람을 보면
합장을 하듯 앞발을 모으고
먹이를 공손히 받아먹으므로
스님의 사랑을 독차지합니다

"짐승이나 사람이나
먹는 입은 다 같다."

스님은 겨울철에
눈이 많이 내리면
사슴이나 멧새들을 위해

곡식과 마른 풀을
절 둘레에 흩어주었습니다.

※합장(合掌) : 부처님께 배례할 때나 인사를 할 때 두 손을 모으는 것

벌레의 목숨

따스한 봄날이었습니다
"선재야, 산밭에 콩 심으러 가자."
스님은 짚신을 꺼내 신었어요

"스님, 고무신을 신어야지요?"
"고무신은 바닥이 딱딱해서
벌레들이 밟히면 죽는다."

벌레들이 밟혀도 죽지 않게
바닥이 성긴 신을
신으라고 했습니다

"징그러운 벌레를 왜 밟아요?"
"누가 일부러 밟니?
모르고 밟게 되는 거지."

선재는 고무신을 벗어놓고
바닥이 폭신한
털신을 찾아 신었습니다.

※선재(善財) : 선재동자. 깨달음을 얻은 불경 속의 대표적 동자승.

솜다리 뿌리

선재는 스님을 따라
작두콩을 심으러 갔습니다

산밭으로 가는 오솔길에는
솜다리가 있었는데
뿌리가 파헤쳐 졌습니다

"쯧쯧, 누가 이랬을까?"

"들쥐가 먹이 찾느라고 그랬겠지요."

"제가 살려고 남을 해쳐선 안 되지."

스님은 골짜기로 내려가서

물에 젖은 흙을 가져다가

솜다리 뿌리를 덮어주었습니다.

※작두콩 : 꼬투리가 크고 작두 모양으로 생긴 덩굴 콩

※솜다리 : 국화과의 풀로 서양에서는 에델바이스라고 함

지렁이 눈

공양간 가마솥에서
국물이 끓어 넘쳤습니다

선재가 몽당비로
뜨거운 국물을
수채로 쓸어 넣었습니다

"아서라. 그렇게 하면
지렁이 눈이 먼다."
"왜 지렁이 눈이 멀어요?"

"수채에 물벌레들이
뜨거운 물에 데어
죽는다는 말씀이야."

공양주 스님의 말에
선재는 발가벗은 물벌레들을
머릿속으로 떠올렸습니다

발가벗은 물속 벌레들은
맨살에 뜨거운 물이 닿자
몸부림을 쳤습니다

선재는 자기 몸이 마치
끓는 물속에 던져진 것처럼
뜨거워짐을 느꼈습니다.

※공양간 - 절간의 부엌
※공양주 - 밥 짓는 스님

도깨비바늘

산밭에 심은 작두콩이
다 익었습니다
선재는 스님과 함께
작두콩을 땄습니다

밭이랑의 도깨비바늘들이
바지가랑이에
와! 하고 매달렸습니다

"이놈의 도깨비바늘이……."
선재는 부랴부랴
그것을 떼냈습니다
"놔둬라. 너를 따라가려는 거다."

스님은 그들이

새 땅으로 가서 살 수 있게

산밭을 나가서

떼어버리라고 했습니다.

※도깨비바늘 : 밭에 나는 풀로 열매에 갈구리가 있어 사람 옷에 잘 붙음

자비의 저울

하루살이 떼가
얼굴에 달려들었습니다
선재는 그것을 쫓으려고
웃옷을 벗어 휘둘렀습니다

"선재야, 그러다가
하루살이를 다 죽이겠다."
"귀찮게 굴잖아요."
"그렇다고 죽이면 되겠니?
작지만 그들도 너와 같단다."

"하루살이가 저와 같다고요?"
"목숨의 무게를 말하는 거야."
"목숨의 무게가 어디 있어요?"

스님도 얼굴에 달라붙는
하루살이를 쫓으며 말했습니다

"부처님 자비의 저울에서는
모든 목숨의 무게가
똑 같다는 게야."

※자비의 저울 : 모든 생명의 고귀함을 생각하는 부처님의 마음

별주부님

선재는 스님을 따라
시장에 갔습니다

함지에 자라를 담아 놓고
팔고 있었습니다

자라는 목을 늘려
선재를 쳐다보았습니다
"살려주세요. 살려주세요." 하며
애원하는 것 같았습니다

"스님, 자라가 불쌍해요.
사가지고 가서 방생해요."
"그래. 별주부님이
저런 대접을 받아선 안 되지."

스님은 자라를 몽땅 샀습니다
“어서 용왕님께로 보내드리자.”

스님은 곧바로 강으로 갔어요
선재는 신바람이 났습니다..

※방생(放生) : 물고기나 새, 짐승 따위를 산이나 물에 놓아서 살려 주는 일.
※별주부(鼈主簿) :《토끼전》에 나오는 용왕의 신하. 별은 자라, 주부는 벼슬 이름임.

제2장 근검 절약

깨진 표주박

산신각 뒤에는
약수가 있었습니다

거기에 놔둔 표주박 하나를
선재가 떨어뜨려 금이 갔습니다

"저런, 조심해야지."
스님은 표주박을 버리지 않고
가지고 와서 금이 간 곳을
솔뿌리로 꿰맸습니다

"급수공덕을+
쌓아온 그릇인데……."

스님은 꿰맨 표주박을
약수터에 갖다 놓았습니다.

※솔뿌리 : 소나무뿌리. 옛날에는 깨진 나무그릇 등을 꿰맬 때 사용한 숯
※급수공덕(汲水功德) : 목마른 사람에게 물을 주는 착한 행위의 덕

버려진 짚신

탁발 갔던 스님이
쓰레기로 버려진
짚신을 주워왔습니다

"스님, 이것은 왜 갖고 왔어요?"
"다시 살려 쓰려고 한다."

"오물인 쓰레기를 살려 써요?"
"버리면 오물이지만
살리면 보물이란 말도 모르니?"

스님은 짚신을 풀었어요
흙을 털고 토끼장에 넣었습니다

"아이, 폭신해서 좋다." 하는 듯
토끼는 짚을 끌어안아도 보고
깡충깡충 뛰기도 했습니다

※탁발(托鉢) : 수행의 하나로 스님이 경문을 외며 집집마다 보시를 받는 일

팽나무의 물

천왕문 앞에는
큰 팽나무가 있습니다

스님은 그 밑에
독을 갖다 놓았습니다

"날이 가문다니,
대비를 해야지."
스님은 팽나무 둥치를
짚으로 싸고 그 끝을
물독으로 모았습니다

비가 오니
팽나무 둥치로 흐르는 물이
짚을 타고 독으로 모아졌어요

가물 때 그것을
허드렛물로 썼습니다.

※천왕문(天王門) : 불법을 수호하고 마귀를 쫓는 사천왕을 모신 문
※팽나무 : 느릅나뭇과의 넓은 잎 큰키나무로 열매는 익으면 먹음

팽이와 콩

선재가 학교에 들어갔습니다
스님은 학용품부터 아껴 쓰는
절약정신을 익히라고 했어요

“지우개는 콩조각 만큼 닳고,
연필은 팽이가 될 때까지
버리지 말고 쓰도록 해라.”

선재는 스님의 말씀대로
지우개는 닳아서
콩쪼각 만큼 작아지고

연필은 붓대롱에 끼워서
팽이 모양이 될 때까지
알뜰하게 썼습니다

다 닳아서 더 못 쓰게 된
지우개 쪼각과 연필토막은
유리병에 모았습니다.

※붓대롱 : 붓의 대나무로 된 자루로 토막연필을 끼워 쓰기도 했음

묵판 사경

스님이 선재를 불렀습니다
“오늘부터 사경으로
붓글씨 연습을 시작해라.”

사경은 불경을
베껴 쓰는 일입니다

“스님, 종이는요?”
“글씨를 좀 쓰게 될 때까지
붓과 맹물로 여기에 연습해라.”

스님은 까만 칠을 한
나무판을 내주었습니다
묵판이었습니다

까맣고 반질반질한 묵판은
맹물로 붓글씨를 써도
까만 글자가 되었습니다

물이 마르면
쓴 글자가 지워지므로
계속 쓸 수가 있었습니다

종이도 먹도 없이
붓글씨 연습을 할 수 있어
참 쉽고 편리했습니다.

※사경(寫經) : 불교경전을 붓으로 베껴 쓰는 일. 수행의 한 가지

※묵판(墨板) : 칠판. 먹칠을 해서 글씨 쓰기연습을 하던 나무판

팽이채마저

선재는 미나리꽝에서
팽이치기를 했습니다

아이들과 팽이싸움을 하다가
선재의 팽이가 그만
얼음구멍에 빠졌습니다

팽이를 꺼내려고 했지만
얼음이 너무 두꺼웠습니다

"에이, 안 되겠다."
선재는 팽이채도
그 얼음구멍에 버렸습니다

"얘, 팽이채는 왜 버리니?"
"누군가가 팽이를 찾게 되면
팽이채가 있어야 칠 것 아니냐?"
선재는 태연하게 말했습니다

※미나리꽝 : 미나리를 재배하는 무논

무청 줍기

관음사 골짜기에는
무밭이 많았습니다

"선재야, 무청 주우러 가자."
"예, 지금 가요. 스님!"

선재는 스님을 따라
무밭으로 갔습니다

추수가 끝난
고랭지무밭에는
떨어진 무청이 많았습니다

주운 무청은 씻어 말려서
시레기국으로도 끓여먹고,
된장에 묻혀
겨우내 반찬으로도 했습니다.

※무청 : 무의 잎과 줄기. 무청을 말린 것을 시래기라 함

※고랭지무(高冷地무) : 600m 이상 높고 한랭한 곳의 무

바루공양

스님들과
바루공양을 했습니다

나무 그릇인 바루에
밥과 국을 받았습니다

김치도 산나물무침도
먹을 만큼만 가져다가
고춧가루 하나도
남김없이 먹었습니다

공양이 끝난 바루는
물로 가시었습니다

가신 물도 모두 마시고
남은 물기는
행주로 닦았습니다

빈 바루는
발랑에 보관했습니다

스님들의 바루공양은
뒷설겆이가 없습니다.

※바루공양 : 수행의 한 과정으로 절에서 하는 식사
※발랑(鉢囊) : 나무그릇인 바루를 보관하는 주머니

승복의 색

스님이 선재의 승복을 내왔습니다
"희색은 싫어요. 재투성이 같아요."
"이건 희색이 아니라 무색이니라."

"희색이 어떻게 무색이어요?"
"학교에서 그림물감 써봤지?"
"그럼요. 미술시간에 쓰잖아요."
"그 물감을 모두 한데 섞으면
무슨 색이 되는지 아느냐?"
"알아요. 이런 희색이 되지요."

"희색은 모든 색을 합친 색이야."
"그런데 어떻게 무색이어요?"
"모든 색을 다 가졌으니 무색이지."

선재가 그건 말도 안 된다고 하자
스님은 빙그레 웃었습니다

"선재야, 햇빛은 무슨 색이지?"
"색이 없지요? 그게 무색이지요."
"맞다. 그런데, 나누면 무지개지?"
"……."

"승복은 모든 색이 다 섞여서 회색이고
햇빛은 모든 색을 다 가져서 무색이다.
그러니 승복과 햇빛은 같은 색이지?"
"그래서 이 옷이 무색이라는 거에요?"
"색즉시공 공즉시색이라는 거야."

"그게 무슨 뜻이에요?"
"없음은 있음이고, 있음은 없음이라는
부처님 가르침인 게야. 그래서
승복의 회색에는 큰 뜻이 담겨 있지."

선재는 벌레씹은 인상을 하며
승복을 입었습니다.

※승복(僧服) : 스님들이 입는 옷. 일반적으로 새깔이 진한 회묵빛임
※색즉시공(色卽是空) : 반야심경의 한 구절. 있음과 없음은 같다는 뜻

스님의 장삼

스님이 색 헝겊을 내놓았어요
"쓰레기장에서 주어왔지."

주워 온 색 헝겊으로
떨어진 장삼을 기웠습니다
누덕누덕 지은 장삼은
색깔이 알록달록했습니다

"옷은 한 가지 색이어야지
여러 가지 색이라서 흉해요."
"이것은 자연의 모습이니라."

스님은 자연이란 것은
강과 산과 들판을
짜깁기한 것이라 했습니다

"봐라, 그림지도 같지 않니?"
스님은 알록달록한 장삼은 곧
강산의 모습이라 했습니다.

※바랑 : 스님이 메고 다니는 무명으로 된 배낭
※장삼(長衫) : 길이가 길고 소매가 넓은 스님의 옷

제3장 자연 보호

헌 기왓장

산신각을 고칠 때
지붕에서 내린 기왓장들이
축대 밑에 쌓여있었습니다

하루는 스님이 그것을
망치로 부셨습니다

"왜 그렇게 부수어요?"
"이대로 두면 쓰레기지만
부수어 버리면 흙이 되지."

스님은 부순 것을
갖다 버리라고 했습니다
선재는 삼태기에 담아
너덜겅에 내다버렸습니다.

※산신각(山神閣) : 절에서 산신을 모신 집
※너덜겅 : 돌이 많이 흩어져 깔린 산비탈

산림보호

관음사 골짜기는
금강송이 울창합니다
스님이 산림청에 건의해서
보호림으로 정해졌습니다

골짜기 입구에는 곧바로
「사람은 자연보호
자연은 사람보호」라는
현수막이 내걸렸습니다

임도를 내고 쉼터를 만든다며
산과 골짜기가 파헤쳐지고
바위를 깎고 다듬어 쌓아서
자연보호헌장비를 세웠습니다

스님이 혀를 끌끌 찼습니다

"자연은 그대로 두는 것이

보호인데, 저래서야……"

※금강송(金剛松) : 결이 곱고 바르며, 속이 붉고 단단한 소나무. 춘양목

※임도(林道) : 베낸 나무를 옮기거나, 숲의 생산 관리를 위해 만든 산길

※자연보호헌장 : 1978년 10월 5일에 정부가 선포한 자연보호 규정

나무젓가락

스님과 약초를 캐러
깊은 산으로 갔습니다
점심때 밥보자기를 풀어보니
수저를 넣지 않았습니다

"스님, 젓가락을 만들게요."
선재는 나뭇가지를
꺾으려고 했습니다

"산 것은 놔두고,
마른 억새로 해라."
"억새는 너무 약하잖아요?"
"그럼 죽은 나무를 찾아라."

선재는 마른 싸리를 꺾어
젓가락을 만들었습니다

스님이 젓가락을 받더니
"수리수리 마하수리……." 하고
다라니경을 낭송하며
싸리의 왕생극락을 빌었습니다.

※다라니경(陀羅尼經) : 진언이나 법문을 산스크리스트어로 외는 경전.
옛날에는 나무를 벨 때 다라니경을 외며 나무의
극락왕생을 빌었음

바위이름

"선녀님의 표정을 보니,
날씨가 맑겠구나."
스님이 절 뒷산에 있는
바위를 쳐다보며 말했습니다

절 뒷산의 바위들은
모두 이름이 있습니다
투구바위, 사자바위를 비롯해서,
범바위, 개바위, 칼바위도 있습니다

이름이 있어야 존재가 인정되고
존재가 인정돼야 관심이 간다며
스님이 붙인 이름입니다

스님은 독성각 둘레의 소나무들도
나한송이라고 부르며
그 곳을 지날 때는 합장을 합니다

소나무들이 모두 스님에게는
오백나한인 것입니다.

※독성각(獨聖閣) : 혼자 도를 깨친 나반존자(那畔尊者) 아라한을 모신 전각
※오백나한(五百羅漢) : 석가 입적 후 그의 가르침을 정리한 오백 명의 아라한

다친 토끼

장마 때 뒷산에 사태가 나서
굴러 떨어진 돌덩이가
해우소 옆 토끼 바위를 때려
이끼가 벗겨졌습니다
"어허! 토끼가 얼마나 아플까?"

스님은 이끼가 벗겨진 곳에
밀가루로 풀을 쑤어 발랐습니다
"스님, 왜 그렇게 해요?"
"다쳤으니 치료를 해줘야지."

얼마 후 바위의 벗겨진 곳이
파랗게 이끼로 덮였습니다

스님이 밀가루 풀에
이끼포자를 섞었던 것입니다.

※사태(沙汰,砂汰) : 비바람에 흙과 돌이 한꺼번에 무너져 흘러내림
※포자(胞子) : 이끼나 버섯의 무성생식을 위한 세포로 홀씨라고 함

골짝물

날씨가 몹시 무더웠습니다
선재는 골짝물에 목욕을 했습니다

"선재야. 어디에서 멱을 감느냐?"
스님이 내려다보고 계셨습니다

"날씨가 너무 더워서요."
"덥다고 거기에서 목욕을 해?
산 아래 사람들을 생각해야지."

절 앞으로 흐르는 골짝물은
산 아래 마을을 지나갑니다

선재는 스님이 하라는 대로
동이로 물을 떠서 몸을 씻고
씻은 물은 풀밭에 버렸습니다.

※골짝물 : 산골짜기를 흘러가는 물

모깃불

절은 숲속이라서
모기가 참 많습니다
선재가 풀을 베어
모깃불을 피웠습니다

"선재야, 마른 풀로 피워라."
"싱싱한 풀이라야
연기가 잘 나잖아요."
"살아있는 풀은
더 자라게 놔 둬야지."

스님은 생풀은 태우지 말고
죽어서 영혼이 떠난 풀로
모깃불을 피우라고 했습니다

"풀이 뭐 사람인가?"
선재는 마른 잎을 모아서
거기에 젖은 잎을 섞어서
모깃불을 피웠습니다.

※영혼(靈魂) : 혼령. 죽은 사람의 넋

선재의 걱정

선재는 학교길에서 무심코
돌멩이를 걷어찼습니다

돌멩이는 길가의
풀밭으로 날아갔습니다.
"슛-, 꼴인! 난 축구 선수야."
선재는 휘파람을 불었습니다

공부시간에
문득 생각이 났습니다
'내가 차버린 돌에
벌레들이 맞았으면 어쩌지?'
'풀꽃의 목이 불어졌을 지도 몰라.'

돌멩이 생각을 하니
공부가 잘 되지 않았습니다.

까치밥

"선재야. 감을 따야겠구나."
선재는 감나무 밑으로 갔습니다

장대 끝에 감꼭지를 걸고 비틀면
감이 장대주머니로 떨어졌습니다
감따기는 재미있었습니다

"까치밥은 남겨두어야 한다."
"까치밥을 남겨요?"
"새들도 먹고 살아야지."

우듬지의 감 몇 개는
그냥 두었습니다
남겨둔 감 몇 개가 오랫동안
등불처럼 환했습니다.

※까치밥 : 겨울새의 먹이로 나무에 남겨두는 과일

지구의 체온

법회 때 스님이 말했습니다
“땅덩이가 지금 앓고 있습니다.
기후온난화는 지구가 아파서
체온이 오르는 현상입니다.”

지구를 앓게 하는 병균은
바로 사람들이라고 했습니다

자연을 있는 그대로 두지 않고
고치고 바꾸기 때문이라 했습니다

선재는 학교 특별활동에서
문화재답사반을 그만 두고
당장 자연보호반에 들어가서
활동해야겠다고 생각했습니다.

※기후온난화(氣候溫暖化) : 지구의 기온이 높아지는 현상

제4장 경로 효친

안부편지

스님이 어린 아이를
데리고 왔습니다

"엄마를 잃고 갈 곳도 없는
불쌍한 아이다."
선재에게 그 아이와
정답게 지내라고 했습니

아이는 매일
공책에 무엇을 썼습니다

"너는 일기를
참 열심히 쓰는구나."
"일기가 아니야.
편지를 쓰는 거야."

아이는 죽은 엄마가
자기를 걱정할까 봐
안부편지를 쓴다고 했습니다

선재는 목구멍이 싸해져
자꾸 침을 삼켰습니다.

※안부편지 : 나의 소식을 전하며 상대방 안부를 묻는 편지

할아버지

어느 한 가족이
절에 참배를 왔습니다

점심을 하러 공양간으로 갔는데
그 가족들은 음식을 받아 놓고
가만히 앉아 있었습니다

“어서 드시지오. 식습니다.”
스님이 보시고 권하자
아이가 말했습니다
“할아버지를 기다려야 해요.”

할아버지가 와서 수저를 들자
가족들이 식사를 시작했습니다

"장유유서가 저러해야 돼."
스님이 보시고 기뻐했습니다.

※장유유서(長幼有序) : 오륜의 하나, 어른과 아이, 윗사람과 아랫사람
사이에 지켜야 할 질서

얼굴 사진

해우소 댕댕이바구니에는
얼굴사진이 담겨 있었습니다

"스님, 이 사진은 무엇이어요?"
"신문지에서 오려낸 것이다."

"이것을 모아서 무얼 하게요?"
"사진도 얼굴인데 그것으로
뒤를 닦을 수는 없지 않느냐?"

스님은 그것을 가지고 나가
소지하라고 했습니다

선재는 사진을

소각장에서 태워

재를 바람에 날렸습니다.

※댕댕이바구니 : 댕댕이라는 덩굴풀의 줄기를 엮어 만든 바구니

※소지(燒紙) : 종이를 불에 태워 바람에 날리는 전통의식의 하나

불효 심청

스님이 심청이 이야기를 했어요
"부모 위해 몸을 바친 만고효녀야."

선재는 아니라고 했습니다
"누가 그러던?"
"학교 선생님이요."
"선생님이 왜 그랬을까?"
"눈 먼 아버지를 모시지 않고
가슴 아프게 한 건 불효래요."

스님은 잠시 생각에 잠겼습니다
“그렇게 생각할 수도 있지만
그늘과 양지는 같이 있는데
양지쪽을 봐야 삶도 밝아진단다.”

선재는 스님이 밖으로 나가시자
혼잣말로 중얼거렸습니다
“만고효녀가 양지쪽이라고?”

※만고효녀(萬古孝女) : 오랜 세월에 모범인 효성스런 딸

맥의 효성

관음사 골짜기를
효맥골이라고 했습니다

"효성스러운 맥이 살았던 곳이지."
스님은 먼 옛날 이 곳에 살았다는
맥이라는 짐승 이야기를 했습니다

"맥은 어미가 늙고 병이 들자
매일 약초를 구하러 다녔단다.
그러다가 벼랑에 떨어져 죽었대."

"그럼 어미 맥도 죽었겠네요?"
"꿈속에서 맥이 약초를 줬단다.
죽어서도 부모를 살린 거지."

선재는 며칠 전에 TV뉴스에서 본
부모를 학대하는 사람들 모습이
자꾸 머릿속을 맴돌았습니다.

※맥(貊) : 상상의 동물. 중남미와 말레이 지역에 사는 젖빨이동물의 하나

효자 까마귀

요사채 옆 가죽나무에서
까마귀가 까막거렸습니다

"이놈, 재수 없게 떠드네."
도량을 쓸던 선재가
싸리비를 휘둘렀습니다

"그냥 두어라.
 까마귀는 좋은 새이니라."
까마귀는 늙은 어미를 먹여 살리는
효성스런 새라고 했습니다

"그래서 반포지효라는 말이 있지."
선재는 스님의 말을 듣고 나니
까마귀가 갑자기 좋아졌습니다

까마귀는 그것 보라는 듯
"까막, 까막, 까막……!" 하며
계속 제 이름을 말했습니다.

※요사채 : 절 안의 전각이나 산문 외에 스님들의 생활과 관련된 모든 건물
※반포지효(反哺之孝) : 늙은 어미를 봉양하는 까마귀의 효성을 뜻함

윤장대 돌리기

절에 외로운 노인들이
모여 살고 있었습니다

노인들은 윤장대를 돌리는데
매우 힘들어 하는 것 같았습니다

"힘드시지요? 제가 도와 드릴게요."
선재가 윤장대를 대신 돌렸습니다
그리고는 스님께 자랑을 했습니다

"그건 운동 겸 수행으로 하는 거다.
노인들을 생각하는 것은 좋지만
그런 것은 돕는 게 아니다."

스님은 노인들이 심심치 않게
짚공예를 가르치러 갔습니다
선재도 짚단을 안고 따라갔습니다.

※수행(修行) : 계율을 지키고 깨달음을 얻기 위해 몸과 마음을 닦음
※윤장대(輪藏臺) : 불경을 넣어서 돌리게 만든 둥근 책궤. 저륜장

노스님 시중

선재는 노스님의 시중을 듭니다
연세가 많아 잘 움직이지 못해서
안아 일으키고
목욕도 시켜드렸습니다

식사 때 밥을 먹여드려도
아기처럼 자꾸 흘리고
말도 잘 알아듣지 못해서
같은 이야기를
몇 번씩이나 되풀이했습니다

"스님, 노스님이 꼭 아기 같아요."
"네가 아기 때도 꼭 그러했지,
안고 밥 먹이고 목욕시켜 재우고
늘 같은 이야기도 되풀이해줬지.
네가 어릴 때 받은 것을 이제야
노스님에게 갚아 드리는 거야."

"이래서 나이를 먹으면
아기가 된다고 하는 것인가?"
선재는 자기가 갑자기
어른이 된 것 같았습니다.

※노스님(老僧) : 나이가 아주 많으신 스님

마지막 참배

한 남자가 노인을 업고
천왕문을 들어섰습니다
선재가 합장으로 맞이했습니다

남자는 법당으로 갔습니다
"아버지가 마지막으로 한 번
부처님을 뵙겠다고 하시기에……."

남자는 눈물을 글썽거리며
뒷말을 잇지 못했습니다

노인은 몸도 잘 못 가누면서도
부처님 앞에 무릎을 꿇었습니다

스님이 곁에서 지장경을 읽으니
노인은 편안한 표정이 되었습니다.

※합장(合掌) : 두 팔을 가슴으로 올려 두 손바닥과 열 손가락을 마주 합침
※지장경(地藏經) : 석가님이 도리천에서 어머니를 위해 설법한 것을 모은 책

경로석

먼 길 가셨던 스님이
몹시 지쳐서 돌아오셨습니다

“전철을 탔는데 경로석이 없어
서서왔더니 다리가 좀 아프구나.”

“경로석이 없는 전철도 있어요?”
“사람들이 다 차지해서
앉을 자리가 없었던 게야.”

선재가 투덜거렸습니다
“그 전철에는 경로의 뜻을
아는 사람들이 없었나 봐요.”
말뜻을 모르는 게 아니라
경로석 주인이 많았던 게야.”

경로석이란 후생으로 먼저 갈
대기석과 같은 것이라
앉지 않는 것이 오래 사는 거라며
스님은 싱긋 웃었습니다.

※후생(後生) : 내생, 죽은 후의 삶, 다음 세상
※경로석(敬老席) : 지정해 놓은 노인의 자리

제5장 이타 · 관용

알밤머리

선재가 학교에서
울상이 되어 왔습니다

"스님, 제 짝이 까까중이라고 놀렸어요."
"까까중이 맞는데 뭘 그래?"
"알밤이라고도 했어요. 제 짝이 싫어요."

"그 애가 좋고 고마울 때는 없었니?"
"철이와 싸울 때 내 편을 들어줬어요."
"그렇다면 그 고마움을 생각해서
싫고 미운 감정을 버리면 안 될까?"

스님은 맨숭맨숭한
선재의 알밤머리를 쓸어주며
관용심을 가지라고 타일렀습니다.

※알밤머리 : 빡빡 깎은 애기중의 머리모양을 놀리는 말
※관용심(寬容心) ; 너그럽게 이해하고 용서해주는 마음

선재의 짝

선재가 학교 짝 이야기를 했습니다
"스님, 제 짝은 양치질을 안 해요."
"너는 세수도 안 할 때가 있던데?"

"크레파스도 잊고 내 것을 써요."
"너도 지우개를 빌려 쓴 적이 있다며?"

"공부시간에도 자꾸 말을 걸어요."
"짝이 너를 좋아하는가 보다."

선재는 뽀로통해서 톡 쏘았어요
"스님! 그게 아니라니까요."

그러자 스님은 그 짝에게서
좋은 점을 찾아보라고 하며
조용히 타일렀습니다.

"그늘이 짙으면 양지는 더 밝다.
썩은 물도 화재 때는 소중하고,
개똥도 약이 될 때가 있단다."

마음의 담장

학고 둘레의 담장을 헐어내니
공원과 놀이터가
하나로 이어졌습니다

"담장을 없애니 참 넓어졌구나."
사람들이 모두 좋아 했습니다

마음에도 담장이 있다고 하신
스님의 말씀을 떠올리며
선재는 학교에서 배운
'모두가 하나' 라는 노래를
속으로 흥얼거렸습니다

"담장을 헐어요. 이웃과 이웃 사이,
담장이 있어서 네 집 내 집 따로지,
담장을 헐면은 모두가 하나예요."

※모두가 하나 : 김종상이 쓴 동시의 제목.

주먹은 무기

두 사람이 싸우고 있었습니다
작은 사람이 주먹질을 하니
큰 사람은 손으로 막았습니다

"큰 사람도 같이 때릴 것이지.
손바닥으로 이게 뭐야?"
선재가 싸우는 시늉을 했습니다

"꽉 쥔 주먹은 공격의 무기지만
쫙 편 손은 사랑의 방패이니라.
사랑의 방패가 이길 것이다."

선재와 스님이 보고 있는 사이에
두 사람이 손을 맞잡았습니다

"어? 저 사람들 손을 잡았어요."
"이제 알겠니? 무서운 철퇴를
사랑의 보가 감싸 안은 거야."

"맞아요. '가위바위보' 할 때도
보가 바위를 싸서 이겨요."
"그래, 쫙 편 손은 아픔을 감싸고
미움도 사랑으로 품어주지."

스님은 커다란 손으로
선재의 조그만 손을 잡고
가던 길을 재촉했습니다.

보석과 촛불

부자 아주머니가
절에 참배를 왔습니다

손가락에 낀 보석반지가
눈부시게 반짝였습니다

"보석은 돌인데 어떻게 저런…?"
선재가 그것을 보고
부러워하는 것 같았습니다

스님이 말했습니다
"저 법당의 작은 촛불이
그 보석보다 더 값진 것이니라."

"촛불이 보석보다 값지다고요?"
"보석은 남의 빛으로 반짝이지만
촛불은 자신을 태운 빛으로
둘레를 밝히지 않느냐?"

스님은, 세상을 밝히는 것은
촛불 같은 사람이라고 했습니다.

※참배(參拜) : 절을 하며 추모나 공경의 뜻을 표함

생각나름

선재와 아이가 물었습니다
"스님, 불경은 소리 내어 읽는 거지요?"
"그래, 소리 내 읽고 귀로 들으면 좋지."

"스님, 불경은 속으로 읽어야지요."
"그렇지, 속으로 새기며 읽으면 좋지."

선재와 아이가 같이 물었습니다.
"스님, 그럼 불경은
어떻게 읽는 것이 더 좋습니까?"

그러자 스님이 말했습니다
"법당의 부처님이 눈을 뜨셨더냐,
아니면 감고 계시더냐?"

떴다고 생각하면 뜬 것 같고
감았다고 생각하면 감은 것 같았습니다

"그래서 일체유심조인 게야.
세상일은 생각하기 나름이니라."

※일체유심조(一切唯心造) : 세상일은 모두 마음 갖기에 달렸음

절밥

많은 등산객들이 절에 와서
공짜로 점심을 먹고 갑니다

선재가 스님에게 말했습니다
"왜 밥을 그냥 주어요?"
"절밥은 만중생의 것이니라."

스님은 세상에 있는 것은
처음부터 임자가 정해진 것은
아무것도 없다고 했습니다.

"내가 입고 먹고 쓰는 것도
본디 내 것은 하나도 없다
남에게서 받은 것이다."

절밥도 공기나 물과 같이
모두의 것이라고 했습니다

선재는 고개를 갸웃거렸습니다.
"그럼 우리는 왜 산문만 나서면
돈을 내고 밥을 먹어야 하지?"

※산문(山門) : 절이나 절의 바깥문

코끼리 도둑

한 젊은이가 선재에게 끌려왔습니다
젊은이는 코끼리상을 들고 있었습니다

“스님, 법당에서 이것을 훔쳤어요.”
“병든 아내와 아이들 때문에…….”
젊은이는 머리를 푹 숙였습니다

“나무아미타불!
이것도 부처님 뜻이니라.”
스님은 젊은이에게
쌀까지 한 되 주어서 보냈습니다
“쌀은 밥을 지어 아이들 먹이고
코끼리는 팔아 아내 치료에 쓰게.”

선재가 불평을 했습니다.
"스님, 왜 코끼리까지 주어요?"
"코끼리는 이제 그의 것이다."
"그건 우리 절의 것이잖아요?"
"어떤 물건도 본디 내 것은 없다.
그가 가지면 그의 것이 된다."

코끼리는 새 인연을 따라간 것이니
잊으라는 것이었습니다.

※코끼리 : 불교에서는 성스러운 짐승으로 생각함

부처님 눈에는

법당의 코끼리를 잃은 뒤로
법당에서 나오는 참배객들을
선재는 유심히 살폈습니다

스님이 그것을 알아챘습니다
"남을 도둑이라고 의심하면
자기도 도둑심을 갖게 된다."
"그게 어째서 도둑심이예요?"

"마구니를 생각하는 사람이
마구니를 만든다지 않더냐
착한 사람들을 의심하지마라."

스님은 선재에게
돼지의 눈에는 모든 것이
돼지로 뵌다고 하신
무학대사 이야기를 했습니다.

※마구니(魔) : 잘못되게 꾀거나 죽이고 빼앗는 마귀의 한 가지
※무학대사(無學大師) : 조선시대 태조 이성계의 왕사였던 스님

징검다리

관음사로 가자면
냇물을 건너야 합니다

날씨가 추워져서
징검돌이 꽁꽁 얼었습니다
"조심해라. 미끄러질다."

스님이 선재를 건네주고는
다시 냇물로 들어갔습니다

"스님, 무엇을 하실려고요?"
"징검다리를 고쳐야겠어."

스님은 비뚜러진 징검돌을
똑바로 앉히고,
사이가 뜬 곳은
돌을 옮겨다 채웠습니다

냇물에 다리를 놓는 것도
큰 공덕입니다. - 월천공덕.

※월천공덕(越川功德) : 냇물에 다리를 놓아 사람들이 편히 건너도록
해주는 공덕

제6장 자기 완성

해우소

일학년들

손의 생각

입이 많으면

이름 값

거울 속 얼굴

무정설법

못 하나

감기 침략군

악수와 합장

해우소

절에서는 변소를 해우라 하지요
"변소를 왜 해우소라 하나요?"
선재가 스님에게 물었습니다

"해우소란 응아만 하지 않고
근심이나 미움, 욕심 같은
마음의 쓰레기와 오염된 정신을
모두 씻어버리는 곳이란 뜻이지.

선재는 스님의 말을 생각하면서
해우소에 앉아 눈을 감으니
마음이 편안해지며
정신도 유리창을 닦아내듯
맑아지는 것 같았습니다

※해우소(解憂所) : 절의 화장실. 근심과 번뇌를 푸는 곳이란 의미임

일학년들

선재는 학교길에서
1학년들을 만났습니다

냇물의 징검다리를
깡충깡충 건너는 모습이
너무너무 귀여웠습니다

책에서 읽은 동시
'일학년생' 이 생각났습니다

-이름표가 바른가 다시 살피고
-단정한 옷자락도 또 한 번 만져보고
-선생님, 안녕! 인사연습 해보고
-학교길을 깡충깡충, 뛰어갑니다.

동시를 읊으면서 선재는
냇물에 비치는 제 모습을 보며
똑바른 모자를 다시 고쳐 봅니다.

※일학년생 : 김종상이 쓴 동시 제목.

손의 생각

손은 불만이 많았습니다
"왜 나는 음식을 만들어서
입에게 바쳐야 하지?"

불공평하다는 생각이 들어
입 시중을 그만 두었어요
그러자 이상해졌습니다

손은 신날 줄 알았는데
맥이 점점 빠져나가며
모든 것이 시들해졌습니다

입에게 해온 음식 시중이
자신을 위한 일이란 것을
비로소 깨달았답니다

홍수에 끊어진 산길을
고치기 싫어하는 선재에게
남을 위함이 나를 돕는 거라며
스님이 들려준 이야기입니다.

입이 많으면

선재가 밥을 먹으면서
아귀 이야기를 하다가
입에서 밥알이 튀어나왔습니다

선재는 몹시 무안했습니다
"스님, 눈이나 귀처럼
입도 둘이면 좋겠어요."

공양이 끝난 스님이 말했습니다
"하나라도 말이 많은 세상인데
둘이면 어떻게 되겠니?"
"먹는 입과 말하는 입을 따로 하지요."
"그래도 입이 둘이면
구업도 배가 될 것이다."

스님의 말에 선재는 얼른
손으로 제 입을 가렸습니다.

※아귀(餓鬼) : 굶주림의 귀신.음식을 몹시 탐하는 사람을 빗대어 하는 말

※구업(口業) : 삼업의 하나로 입으로 하는 나쁜 소행. 말을 잘못해 짓는 죄

이름 값

수계식이 끝났습니다
선재는 수계식에서
법명을 청광으로 받았습니다

"이름은 품격을 결정한다
청광이란 법명처럼
맑은 빛이 되어야 하느니라."

스님은 신도들에게도
이름에 대한 법문을 했습니다

"베드로는 이름처럼
기독교의 반석이 되었고
직업을 이름으로 하는

유태인은 모두 잘 살지요."

"일본 사람들이 유독
영토에 집념이 강한 것이나
인디언들이 자연친화적인 것도
이름과 무관하지 않습니다."

스님은 수계를 한 법우님들에게
각자에게 주어진
법명 값을 잘 하라 했습니다.

※법명(法名) : 불교를 믿는 사람들이 갖는 이름. 불명
※청광(淸光) : 맑은 빛이라는 뜻. 선재가 받은 법명

거울 속 얼굴

선재가 깨진 거울을
들여다보며 말했습니다

"스님, 제 얼굴이 깨져 보여요."
"깨진 거울이니까 그렇지."

스님은 깨진 거울에서
얼굴이 깨져 보인다고 해서
실제 얼굴이 깨진 것은 아니고
거울에서 얼굴이 사라져도
실제 얼굴은 그대로 있으니

우리가 알고 있는 세상도
거울에 비친 얼굴처럼
허상일지 모른다 했습니다

깨져서 흩어진 거울에는
조각마다 선재의 얼굴이
똑같이 들어있었습니다

그 많은 얼굴들이 모두
선재를 바라보고 있었습니다
"저마다 진짜 선재인양…"

※허상(虛像) : 거짓된 모습. 실제와는 상관없이 만들어진 인상

물소리

선재가 스님을 찾았더니
냇가 넓은 바위 위에
가부좌로 앉아 있었습니다

"스님, 거기에서 무얼 하셔요?"
"물소리에 마음을 씻고 있다."
"마음을 어떻게 물소리로 씻어요?"

선재는 스님에게로 갔습니다
"물소리를 안으로 받아드리면
그것이 몸속을 돌아 흐르며
걱정이나 욕심을 씻어내느니라."

선재도 스님 곁에 앉아
가만히 눈을 감고
물소리를 받아드리니 정말
몸과 마음이 맑아져왔습니다

흐르는 냇물소리는
귀만 스쳐가는 것이 아니라
온몸으로 젖어드는
무정설법이었습니다.

※무정설법(無情說法) : 천지자연의 모든 현상을 부처님 설법으로 생각함

못 하나

스님이 낡은 의자를 고치며
노래처럼 중얼거렸습니다

「못 하나 빠지니
바퀴가 고장 나고

바퀴가 고장 나니
수레가 부서지고

수레가 부서지니
싸움에 지게 되고

싸움에 지고 나니
부족이 죽어가고

부족이 죽고 나니
마을이 없어졌네.」

"스님, 그게 무슨 말씀이세요?"
스님은 못질을 하며 말했습니다
"옛날 인디언들이 부르던 노래란다."

"스님이 박은 이 못은
절대로 빠지지 않을 거예요."
선재는 스님의 의자를 잡아주며
한 손으로 엄지를 세웠습니다.

※인디언(Indian) ; 아메리카 대륙의 원주민. 몽골인종의 한 갈래

감기 침략군

스님이 감기에 걸렸습니다
"스님, 병원에 가셔야겠어요."
"아니다. 견뎌서 이겨 내겠다."
"주사 맞고 약을 써야지요."

요사이 독감은 유행성이라서
빨리 치료해야 된다고 해도
스님은 듣지 않았습니다

"선재야, 너 학교에서
자주국방이란 말 들어봤니?"
"예, 외국군이 쳐들어 왔을 때
제힘으로 물리치는 것이지요."

“사람의 몸을 나라로 보면
감기는 침략군이라 할 수 있지.
그것을 외부의 도움 없이
내공의 힘으로 물리치는 것이
바로 자주국방과 같은 거다.”

침략자를 구원병으로 물리치면
나라가 더 어렵게 될 수도 있다며
될 수 있으면 병원에 가지 않고
이겨내야 한다고 했습니다.

※내공(內工) : 훈련과 경험에 의해 안으로 쌓인 실력과 기운

악수와 합장

"스님, 우리도 악수를 하지,
왜 합장으로 인사를 해요?"
선재가 스님께 물었습니다

"합장은 가장 겸손한 자세이고
평화와 존경의 표현이다."
"그럼 악수는 어떤 뜻이에요?"
"일테면 잠시의 휴전 같은 거지."

"잠시의 휴전 같은 거라고요?"
"악수는 총잡이들 인사라고 하지.
상대와 손을 잡았을 때는
총을 뽑지 않는다는 거야."

"합장은 어째서 평화인가요?"
"두 손을 가슴에 모으는 것은
사랑과 존경을 표하는 것이니,
절대적인 평화의 다짐인 게야."

"그럼 악수와 합장은
'전쟁과 평화' 라고 하겠네요?"

선재는 개구쟁이처럼
총을 쏘는 시늉을 하다가
스님을 향해 합장을 했습니다.

※악수(握手) : 화해, 감사 등을 위해, 상대와 오른손을 마주잡는 인사법
※전쟁과 평화 : 불의에 저항하는 번민과 각성을 그린 톨스토이의 소설

시를 읽고 나서 느낀 점을 써보세요.

하고 싶은 이야기를 시로 써보세요.

스님과 선재동자

- 옛날 스님들은 이렇게 살았대요 -

2012년 5월 08일 초판 인쇄
2012년 5월 15일 초판 발행

지은이 : 佛心 김종상 지음
펴낸이 : 연규석

펴낸데 : 도서출판 고글
서울시 용산구 한강로2가 144-2
등록일 : 1990년 11월 7일(제302-000049호)

전화 : (02)794-4490

값 12,000원